AF454934

CATALOGUE

DES

TABLEAUX

ANCIENS

DES DIFFÉRENTES ÉCOLES

Formant la Collection du Docteur KOSLOFF

DE SAINT-PÉTERSBOURG

DONT LA VENTE AUX ENCHÈRES PUBLIQUES AURA LIEU

HOTEL DROUOT

SALLE N° 1

LES VENDREDI 16 & SAMEDI 17 MARS 1866, A 2 HEURES

Par le ministère de **Me ESCRIBE**, Commissaire-Priseur,
rue Saint-Honoré, 217,

Assisté de **M. HORSIN DÉON**, Peintre, rue de Chabanais, 1,

Chez lesquels se distribue le Catalogue.

EXPOSITION PUBLIQUE

Le Jeudi 15 Mars 1866, de une heure à cinq heures.

PARIS

RENOU & MAULDE

IMPRIMEURS DE LA COMPAGNIE DES COMMISSAIRES-PRISEURS

Rue de Rivoli, 144.

1866

CATALOGUE

DES

TABLEAUX

ANCIENS

DES DIFFÉRENTES ÉCOLES

Formant la Collection du Docteur KOSLOFF

DE SAINT-PÉTERSBOURG

DONT LA VENTE AUX ENCHÈRES PUBLIQUES AURA LIEU

HOTEL DROUOT

SALLE N° 1

LES VENDREDI 16 & SAMEDI 17 MARS 1866, A 2 HEURES

Par le ministère de **Mᵉ ESCRIBE**, Commissaire-Priseur,
rue Saint-Honoré, 217,
Assisté de **M. HORSIN DÉON**, Peintre, rue de Chabanais, 1,
Chez lesquels se distribue le Catalogue.

EXPOSITION PUBLIQUE

Le Jeudi 15 Mars 1866, de une heure à cinq heures.

PARIS
RENOU & MAULDE
IMPRIMEURS DE LA COMPAGNIE DES COMMISSAIRES-PRISEURS
Rue de Rivoli, 144.

1866

CONDITIONS DE LA VENTE

Elle sera faite au comptant.

Les Acquéreurs paieront, en sus des adjudications, CINQ CENTIMES PAR FRANC applicables aux frais.

La Collection dont nous offrons le catalogue est déjà anciennement formée. Réunie par un homme de goût, M. le docteur Kosloff, elle comptait au nombre des plus distinguées de Saint-Pétersbourg.

M. Waagen, dans son ouvrage, *la Galerie des Tableaux de l'Ermitage avec remarques sur les Collections privées de Saint-Pétersbourg,* la considère ainsi et en cite les Tableaux qui lui ont paru les plus dignes.

En effet, cette Collection renferme, outre un magnifique paysage de Rembrandt, un assez grand nombre de jolis Tableaux tels qu'on les aime aujourd'hui. Nous espérons donc que notre exposition n'excitera pas seulement la curiosité de MM. les Amateurs et Spéculateurs, mais qu'elle éveillera aussi des désirs favorables à notre enchère.

DÉSIGNATION

DES

TABLEAUX

ÉCOLES ALLEMANDE, FLAMANDE & HOLLANDAISE

ALDEGRAVER (Henri)

1 — Hercule et Antée.

Cité page 436, dans l'ouvrage de M. Waagen.

BEELDEMAKER

2 — Un Concert de fous.

Ils sont deux, l'un chante et joue du violon, l'autre, un peu en arrière, fait chorus. Un âne, un hibou et un coq se mêlent de la partie.

BERKHEYDEN (Gérard)

3 — Vue d'une ville hollandaise.

BERKHEYDEN (Genre de)

4 — Vue d'une porte de ville.

BOTH (Attribué à Jean)

5 — Paysage.

A l'un des arbres du premier plan, on voit le berger Phorbas détachant Œdipe, et plus loin quelques autres personnages.

Tableau d'un bel effet et d'une puissante couleur.

BRAUWER (Attribué à)

6 — La Partie de cartes.

BRACKENBURG (Richard)

7 — Intérieur.

Dans un intérieur bourgeois, une nombreuse société est réunie près d'une cheminée. A droite, un homme enveloppé dans sa douillette, chante en tenant un papier à la main. — Une femme ayant un enfant sur ses genoux, l'écoute ainsi que quelques autres personnages placés derrière elle. — A droite, est une table servie et un jeune cavalier qui cause avec une dame. Trois autres personnages placés près d'eux semblent s'intéresser à leur entretien. Un chat, un chien et un groupe de petits garçons sur le premier plan, terminent la composition de ce bon tableau.

8 — Buveurs.

Assise près d'une table sur laquelle se trouvent des cartes, une femme, tenant un pot d'étain à la main, semble énivrer un vieux bonhomme qui contemple en amateur un verre de vin qu'il tient à la main.

BREYGHEL (Signé Fr. Hier.)

9 — Vue de l'ancien Port de Naples.

CARRÉ (Michel)

10 — Paysage et Animaux.

COQUES (Gonzalès)

11 — Le Bal.

Il a lieu dans un salon orné de tableaux, l'orchestre prélude, et des cavaliers conduisant leurs dames prennent place pour la danse. Le reste de la société est divisé en groupes autour du salon. Sur le premier plan on remarque surtout des gentils hommes assis près de deux dames qu'ils courtisent galamment.

CRAESBEKE (Joseph)

12 — Scène de brigands.

CRAYER (Gaspard de)

13 — Portrait de Pyter Botter.

CUYP (Albert)

14 — Vaches dans un paysage.

Bords de la Meuse.

M. Waagen parle ainsi de cette peinture (page 435) : signée, A. Cuyp ; « Tableau du premier temps de la seconde manière du peintre, de la lumière chaude, facture large, ferme et hardie, d'un ton un peu lourd. »

DECKER (Conrad)

15 — Vue du château de Beatheim.

Ses vieilles murailles sont entourées de fossés remplis d'eau dans lesquels on voit des pêcheurs tendant leurs filets, et au second plan, des vaches qui s'abreuvent. Le pays est boisé, le ciel clair et nuageux e l'effet piquant.

16 — Paysage.

Une maison rustique entourée de beaux arbres qui se détachent sur un ciel brumeux, une clôture en planches, une mare, un arbre coupé, enfin des petites figures dans le goût d'Ostade, composent cet excellent paysage.

EECKOUT (Gerbrand van den)

17 — Docteur de village consultant les urines.

EKELS (Jean)

18 — Vue d'un fort hollandais.

ELST (Pierre Van)

19 — Intérieur hollandais.

Un homme exécute un pas accompagné par une espèce de ménétrier qui chante et joue du violon avec un véritable entrain. Un paysan semble inviter une femme à se joindre à la danse. Des accessoires groupés sur le premier plan, d'autres rangés le long des murailles garnissent cette demeure rustique.

ELZHEIMER (Adam)

20 — Saint Jean prêchant dans le désert.

Un grand nombre de personnages de toutes conditions l'entourent; parmi eux on remarque plusieurs cavaliers dans de riches costumes.

FLINK (Govert)

21 — Portrait de jeune homme.

Il est couronné de feuillage, une houlette est appuyée sur son bras, il tient dans les mains un chalumeau et semble écouter.

FRANCK (François)

22 — Arrestation de Jésus.

Notre-Seigneur est entouré d'une foule de gens armés qui s'emparent violemment de sa personne qu'il leur abandonne avec résignation. Cette scène est éclairée par des porteurs de torches. Saint Pierre a renversé l'un d'eux qu'il va frapper de son épée.

Dans le fond, on aperçoit l'ange apportant le calice à Jésus agenouillé et les apôtres endormis.

HOET (Gérard)

29 — Sujet d'histoire.

Des soldats débarquent sur une plage, des gens en foule leur apportent des pains dont des paniers sont remplis.

30 — Pendant du précédent.

Reine à cheval entourée de cavaliers armés de javelots. Derrière eux, muraille de ville, paysage montagneux, départ pour la chasse.

HONTHORST (Gérard)

31 — Scène bachique.

Un homme aux cheveux grisonnants qui tient une chandelle allumée reçoit d'un jeune garçon un verre de vin qu'il lui offre en riant.

HUYSMANS DE MALINES

32 — Paysage.

Le pays est montagneux, le terrain sablonneux et éboulé au pied de beaux arbres. Un rayon de soleil qui s'échappe d'un ciel nuageux, projette d'heureux accidents de lumière et sur la montagne et sur le premier plan qui est animé par des figures et des animaux.

HEUSCH (Guillaume de)

33 — Paysage avec figures et animaux.

KONNINGS (Signé)

34 — Intérieur hollandais.

Quatre personnages sont assis au centre d'une chambre ; l'un d'eux caresse une femme qui tient un verre à la main. Un broc est placé sur une sellette devant eux. Un peu en arrière, une femme, accoudée sur une table, regarde le spectateur en riant, un quatrième est profondément occupé à couper du tabac. Au fond, une servante remplit un verre de bière. Un chat et divers accessoires terminent ce tableau.

KUILENBURG

35 — Diane au bain.

Au centre des ruines solitaires d'un ancien palais orné de statues et de monuments divers, se trouve une fontaine dans laquelle Diane et ses nymphes s'apprêtent à se baigner.

LE DUC (Jean)

36 — La Courtisane.

Un militaire placé devant elle, lui offre de l'argent et des bijoux.

LEUW (Pierre van der)

37 — Le Passage du gué.

Un taureau qui s'abreuve, une chèvre, des moutons et une femme montée sur une vache, s'apprêtent à le passer. Le paysage est montagneux et son effet est celui du soir.

LINGHELBACH (Jean)

38 — Marché aux bestiaux.

Il se tient aux abords d'un village italien; un grand nombre de marchands et d'acheteurs forment des groupes animés.

MAAS (Nicolas)

39 — Portrait d'une vieille femme.

MEER (Jan van der)

40 — Paysage et Animaux.

Des moutons, des vaches, un âne chargé sont conduits par deux paysans débouchant d'une clairière, et viennent s'abreuver au bord d'une rivière qui occupe tout le premier plan du tableau. Au fond des lointains boisés.

MIEL (Jean)

41 — La Querelle.

Des hommes et des femmes sont réunis autour d'une table couverte d'une nappe. Leur orgie est interrompue par trois d'entre eux qui se querellent. Le premier, le couteau à la main, attend de pied ferme ses deux adversaires qui le menacent l'un du poing, l'autre d'un banc qu'il tient en mains. Cette scène se passe devant la porte d'une locanda placée sur le faîte d'une montagne traversée par une route sur le bord de laquelle se trouve encore à peu de distance un autre cabaret qui, avec un puits et divers accessoires, terminent l'ensemble de ce tableau remarquable cité dans les ouvrages de MM. Waagen (page 436) et Charles Blanc, tome II (page 434).

Collection du duc de Berry et vente de M. Casimir Périer 1838.

MOLENAER

42 — Intérieur flamand.

Au centre d'un intérieur rustique, des hommes, des femmes sont réunis autour d'une table. Les uns fument, les autres boivent, l'un d'eux tire les cartes.

MOUCHERON (Frédérick)

43 — Paysage avec cascade.

MUSSCHER (Michel van)

44 — Portrait d'un Peintre.

Il est debout, vu à mi-corps tenant sa palette à la main.

NEER (Eglon van der)

45 — La Marchande de poissons.

Elle est debout devant une table de pierre soulevant un baquet dans lequel elle a pris un poisson qu'elle montre en souriant au spectateur; elle est coiffée d'un chapeau. Sur sa table sont des coquilles d'huîtres et un vase brisé.

Dans le fond, on aperçoit un groupe de pêcheurs, et sur un appui de pierre sont déposés des lys et la mantille de la marchande.

NETSCHER (GASPARD)

46 — Cléopâtre se donnant la mort.

Tableau gravé.

OCHTERVELT

47 — La Dame à l'oiseau.

Elle est vêtue de satin blanc, une guimpe lui laisse les épaules découvertes, une écharpe orange est passée dans ses cheveux qui lui tombent sur les épaules.

Elle est assise et offre en riant un morceau de sucre au petit chardonneret qu'elle tient sur son doigt.

OMMEGANCK (BALTHASAR-PAUL)

48 — Paysage-Marine.

Des vaches traversent un gué. Effet du soir.

OSTADE (ADRIEN VAN)

49 — Buveur et Fumeur.

Deux paysans de ces types qu'Ostade rend avec tant d'originalité et de vérité sont installés dans une misérable chaumière, près d'un feu de tourbe aussi misérable, assis sur des escabeaux grossiers; l'un, tournant le dos au spectateur et tenant un verre d'une main, une cannette de l'autre, semble discourir. L'autre, accoudé sur ses genoux, placé en face de son camarade, tout en lui prêtant atention, laisse échapper une bouffée de fumée qui s'élève en l'air en serpentant.

Signé et daté 1632.

Cité dans l'ouvrage de M. Waagen, page 435.

OSTADE (ISAAC)

50 — Les Musiciens ambulants.

Une paysanne accoudée sur la porte d'une humble chaumière, écoute chanter une pauvre femme qui porte un enfant sur son dos et près de laquelle se tient un petit garçon drapé dans une espèce de guenille. Un joueur de violon non moins misérable accompagne le chanteur de la voix et de son instrument. Divers accessoires complètent ce tableau d'une bonne couleur.

Cité par M. Waagen (page 435), qui le donne à Adrien Ostade.

OSTADE (École de)

51 — Intérieur d'un cabaret.

Hommes et femmes attablés et buvant.

PALAMÈDE (STEVENS)

52 — Réunion de seigneurs.

Dans un salon, un cavalier et deux dames causent assis devant une table sur laquelle des rafraîchissements sont servis. D'autres devisent près d'un clavecin, et sur le premier plan un gentilhomme s'entretient galamment avec une dame.

POEL (EGBERT VAN DER)

53 — Cour de ferme.

Une femme tirant de l'eau à un puits et entourée de poules et d'accessoires rustiques, parle à un petit garçon appuyé contre une brouette.

POTTER (PAUL)

54 — Paysage et Animaux.

Deux vaches dans une prairie, l'une debout, l'autre couchée; un homme leur apporte à boire.

PYNACKER (Attribué à ADAM)

55 — Paysage-Marine avec figures de pêcheurs et autres.

56 — Paysage accidenté et boisé.

REMBRANDT (Van Ryn, signé Paul)

57 — Paysage.

La vue s'étend sur une immense plaine au centre de laquelle est une petite ville avec son église gothique. Puis, çà et là, à différents plans, des petits villages et la mer en deux endroits. Des personnages sur une route dartant du premier plan, se rendent à la ville, et, dans la prairie, des bergers, des moutons forment l'ensemble de cet excellent tableau.

M. Waagen le cite comme une œuvre très-remarquable du maître. Nous ne pouvons qu'approuver cette opinion, car nous ne craignons pas d'offrir ce tableau comme une œuvre exceptionnelle et digne à tous le titres du plus haut intérêt.

ROMBOUTS (Théodore)

58 — Paysage boisé.

Il représente l'intérieur d'un bois coupé par plusieurs routes sur lesquelles se voient aux différents plans: un carrosse, des cavaliers, des mendiants et des promeneurs.

RUYSDAEL (Jacques)

59 — Paysage accidenté et boisé.

Sur le premier plan à droite, une chaumière abritée par une masse de beaux arbres; au fond les abords d'un village auquel conduit une route qui part du premier plan. Quelques petites figures animent ce paysage d'un joli effet.

RUYSDAEL (Salomon)

60 — Paysage-Marine.

Sur un tertre, un village; sur la plage, des navires amarrés, et çà et là des groupes de pêcheurs.

SÉGHERS (Gérard)

61 — La Vierge et l'Enfant.

Assis sur les genoux de sa mère, l'Enfant Jésus tient à la main une cuiller qu'il semble défendre des atteintes de l'agneau sur la tête duquel la Vierge a la main posée.

STEEN (Attribué à Jean)

62 — Intérieur de Cabaret.

STRY (Van)

63 — Deux Vaches au repos dans une prairie.

TÉNIERS (David)

64 — Paysage montagneux avec chute d'eau.

Sur le premier plan, une figure de pêcheur et un paysan appuyé sur son bâton, causent ensemble.

TÉNIERS (Abraham)

65 — Intérieur de cabaret.

Sur le premier plan, un homme assis se dispose à allumer sa pipe. Dans le fond, près d'une cheminée, sont six autres fumeurs, ainsi qu'une femme qui apparaît par la porte qu'elle ouvre.

TERBURG (Gérard)

66 — Scène familière.

Dans une chambre à coucher, un élégant cavalier assis près d'une jeune femme, trempe dans un verre qu'elle tient à la main un citron coupé. Une vieille femme debout derrière ce couple gracieux se mêle de leur entretien. Le costume de la dame est des plus riches : sa casaque jaune doublée d'hermine, est de satin, ainsi que sa robe blanche brodée d'or. Une petite table sur laquelle sont déposés une carafe et un vase de porcelaine, terminent cet agréable tableau.

TOL (Pierre van)

67 — L'Arracheur de dents.

Sur une large fenêtre ornée de bas-reliefs, sont déposés la trousse du chirurgien, ses diplômes, une écharpe, une bassine de cuivre et un pot de fleurs; l'opérateur vient d'extirper une dent à un pauvre diable qui est encore tout endolori.

TOL (Dominique van)

68 — Une Cuisinière.

On l'aperçoit par la fenêtre de sa cuisine versant de l'eau d'une cruche qu'elle tient à la main dans un vase de porcelaine. Elle est entourée de légumes, de paniers remplis de fruits, de poulets, ainsi que d'ustensiles de ménage : lanterne, chaudrons et vases divers.

TORENVLIET

69 — Un Fumeur.

Son costume est pittoresque. Il est assis devant une table encore servie.

UDEN (Luc Van)

70 — Paysage.

La plaine au fond, à gauche une montagne ; une route sur laquelle cheminent des paysans et des animaux occupent le premier plan.

VELDE (Signé Isaïe van de)

71 — Paysage.

A gauche, un choc de cavaliers, et dans la plaine l'attaque d'un convoi.

VERELST (Pierre)

72 — Le Verre de vin.

Un gentilhomme, assis en face d'une dame qu'un militaire entretient galamment, tend son verre au maître de la maison sans doute, qui lui verse du vin.

VERKOLIÉ

73 — Jeune Femme à sa toilette.

Elle est debout devant son miroir posé sur une table recouverte d'un tapis vert, et elle se dispose à compléter son élégante toilette en y joignant un collier de perles qu'elle tient dans ses mains.

VRIES (JEAN RÉNIER DE)

74 — Paysage et Animaux.

Le site est accidenté et boisé, une route en parcourt le centre; à gauche, sont de beaux arbres et à droite le lointain. Un ciel clair et une marche d'animaux complètent ce bon tableau exécuté dans le goût de Ruysdaël.

WOUWERMANS (D'après PHILLIPPE)

75 — Cavaliers et Dames arrêtés près d'une fontaine.

Ancienne et bonne copie.

76 — Chasse au daim.

WOUWERMANS (PIERRE)

77 — Le Trompette.

WYNANTS (Attribué à JEAN)

78 — Paysage.

Composition importante.

ZEEMANN

79 — Marine.

Temps calme avec une flotte au mouillage.

ZORG

80 — Intérieur de cellier.

Dans un intérieur des plus rustiques, sont jetés pêle-mêle à terre, des choux, des bottes d'oignons, un fagot, un chaudron, un chapeau de paille. Sur une table sont aussi des poteries, des légumes. A droite est un puits, un baquet, un seau, une cage à poulets. Dans le fond, une foule d'autres accessoires et une femme qui ouvre une porte.

Joli tableau du maître.

ÉCOLE ITALIENNE

ALBANE

81 — Repos de la Sainte Famille.

GAROFOLO

82 — Sainte Famille.

L'Enfant Jésus, sur son berceau, embrasse saint Jean que lui présente la Sainte Vierge assise à terre près d'eux. Un peu en arrière saint Joseph s'est endormi accoudé sur une balustrade de pierre.

Le fond est un paysage.

Cité dans l'ouvrage de M. Waagen.

GAROFOLO (École de)

83 — Sainte Catherine.

JULES ROMAIN

84 — Arrestation de Jésus.

Une foule de soldats et autres gens se sont saisis de la personne de Jésus qui, calme et résigné au milieu du tumulte, s'abandonne à leur fureur. L'un d'eux l'a saisi par les cheveux, d'autres par les bras, un quatrième l'entoure de cordes. Judas, une bourse à la main, le désigne à la foule. Saint Pierre a renversé un des porte-lanternes et, l'épée haute, va le frapper. Cette scène émouvante est éclairée par des torches.

Peinture vigoureuse remplie de mouvement.

PALMA VECCHIO

85 — La Circoncision.

Le grand-prêtre, le scalpel à la main, s'approche de l'Enfant Jésus que saint Joseph soutient sur l'autel. En face d'eux est un lévite tenant un cierge allumé, ainsi qu'un second personnage qui s'apprête à recevoir le sang du Fils de Dieu dans un vase d'or. La Vierge, ainsi que deux autres personnages, se voient un peu en arrière de saint Joseph. Au fond, à gauche, derrière le grand-prêtre sont encore quatre personnes et un enfant. On voit l'Arche dans le sanctuaire du Temple orné de colonnes et de statues.

ÉCOLE FRANÇAISE

BOURGUIGNON (Jacques-Courtois, dit le)

86 — Attaque d'un pont.

87 — Choc de cavalerie.

BRUANDET

88 — Paysage.

De nombreuses figures sont placées devant la porte d'une auberge, les unes attablées ou debout regardent des bateleurs qui montrent des ours savants.

COUTURE

89 — Mort d'un capitaine de vaisseau.

LENAIN

90 — Le Joueur de chalumeau.

Dans un intérieur rustique, assis près de la cheminée et à la suite d'un modeste repas dont les restes sont encore servis sur une table placée près de lui, un vieux bonhomme joue du chalumeau. Une femme âgée et des petits enfants l'écoutent. Le chien, le chat complètent cet intérieur de famille.

TABLEAUX DIVERS

PAR & D'APRÈS DIFFÉRENTS MAITRES

91 — BOTH (Adrien). Le Dentiste.

92 — BEGYN (Genre de). Paysage et Animaux passant un gué.

93 — BERGHEM (Nicolas). Narcisse se mirant dans une fontaine.

94 — DU MÊME. Animaux. (Esquisse.)

95 — BERGHEM (Genre de). Paysage et Animaux

96 — DUSART (Corneille). Intérieur flamand.

97 — DOW (G). Jeune Homme ouvrant une cage placée sur l'appui d'une fenêtre.

98 — EVERDINGEN (Genre de). Paysage montagneux avec figures.

99 — VAN DER NEER (Genre de). Paysage-Marine ; clair de lune.

100 — BRAUWER. Les Politiques.

101 — OSTADE (Genre de). La Partie de Cartes.

102 — OSTADE (École de). Un Homme assis à terre s'est endormi.

103 — Poelembourg. Jeune Femme jouant avec des tourterelles.

104 — Paul Potter (Genre de). Deux Vaches dans une prairie.

105 — Téniers (D'après). L'Alchimiste.

106 — Le Même. Tentation de saint Antoine.

107 — Vries (Genre de De). Paysage-Marine avec figures.

108 — Thomas Wyck. La Tentation de saint Antoine.

109 — Van Dick. Jésus sur la croix.

110 — Stoop (Genre de). La Chasse au faucon.

111 — Jean Steen (Attribué à). Intérieur d'une Famille pauvre.

112 — Vélasquez. Portrait d'homme.

INCONNUS

113 — École Espagnole. Saint François agenouillé au centre d'une salle d'hôpital.

114 — Mater Dolorosa.

115 — École Flamande. La Vierge tenant l'Enfant Jésus sur ses genoux. Deux anges la couronnent.

116 — A. R. (Signé du monogramme). Homme tenant une cruche ; au fond, un fumeur.

117 — Le Joueur de violon.

118 — Intérieur. Le Visiteur.

119 — La Lecture.

120 — Intérieur rustique avec figures.

Renou et Maulde, imprimeurs de la Compagnie des Commissaires-Priseurs, rue de Rivoli, 144. 4.837

www.ingramcontent.com/pod-product-compliance
Ingram Content Group UK Ltd.
Pitfield, Milton Keynes, MK11 3LW, UK
UKHW021040260726
13994UKWH00005B/2271